# Ravage

FichesdeLecture.com

# *Ravage*
# (Fiche de lecture)

## I. L'AUTEUR

René Barjavel est né en 1911 à Nyons (Drome), fils de boulanger, petit fils de paysans, il fait ses études au collège de Nyons. Après le baccalauréat, il exerce de nombreux métiers pour gagner sa vie.

À dix-huit ans, il devient journaliste au « Progrès de l'Allier ». En 1935 il devient secrétaire de rédaction de la revue « Le Document », puis chef de la fabrication des éditions Denoël. Il écrit également comme critique cinématographique.

Il fait la guerre puis est démobilisé en 1940, est fonde à Montpellier L'Echo des Etudiants. À son retour à Paris, il y publie une série de romans d'anticipation qui font de lui le précurseur de la Science-fiction. Il réalise lui-même plusieurs courts métrages. Il a écrit deux pièces de théâtre de Science-fiction. Il meurt en 1985.

## II. L'ŒUVRE

« Ravage » paraît en 1943. Premier grand roman de René Barjavel qui représente ses vrais débuts d'écrivain, cet ouvrage n'est pourtant pas le premier coup d'essai de l'auteur. Selon l'idée que « l'homme, s'il oublie qu'il n'est qu'un homme… », Barjavel imagine ici sa toute première fin du monde.

Le roman est le livre de science-fiction français le plus connu. Il a largement dépassé un million d'exemplaires. De nos jours, certains écologistes voient dans le roman une annonce de leurs préoccupations.

# III. RÉSUMÉ DU ROMAN

Nous sommes en 2052, le monde maîtrise l'énergie nucléaire et a atteint un niveau de prospérité et de développement sans précédent. La nourriture est produite artificiellement en quantité presque illimitée. Les transports sont rapides, confortables et sûrs. Enfin, les anciens dieux et anciennes religions n'existent plus. Les hommes vouent un culte de la technique et de la science.

Le monde est automatisé et mécanisé à outrance où les machines remplacent l'homme dans toutes les tâches nécessitant un effort physique, l'électricité vient soudain à disparaître. La société est figée : plus de lumières, toutes les voitures s'arrêtent, faute de pompes l'eau ne parvient plus aux robinets, les radios sont muettes, les secours doivent se déplacer à cheval…

Déjà des cohortes de gens affamés attaquent les animaux pour se nourrir. Des centaines de personnes meurent étouffées dans des bousculades. Des émeutes de la faim et des pillages se multiplient, accompagnés d'incendies destructeurs. Paris devient un champ de carnage où règnent le chaos, la maladie et la souffrance.

Alors qu'il y a de plus en plus de morts, une épidémie de choléra commence à décimer la population. Un incendie ravage en quelques heures la capitale. Les Parisiens croient subir la colère de Dieu, ils se mettent à genoux au pied de la tour Eiffel. La loi de la jungle s'empare de la cité.

François Deschamps, étudiant en chimie d'origine paysanne, décide de fuir la ville qui bascule dans le crime et la violence. Il se porte tout d'abord au secours de Blanche Rouget, une amie d'enfance fiancée au potentat Jérôme Seita. Celui-ci, privé de ses subordonnés, ne peut même plus se montrer hors de chez lui sans risquer sa vie.

Ayant réussi à rassembler assez de provisions et à confectionner des armes pour risquer une percée au travers des hordes de criminels affamés, François se dirige avec ses compagnons vers son village d'origine. Son but est d'y mener une vie naturelle pour s'affranchir totalement de ces machines que les hommes croyaient dominer. Le parcours sous la chaleur est extrêmement pénible. La petite troupe doit aussi faire face à force tempêtes et incendies. Plus des trois quarts des habitants meurent du choléra.

Ayant enfin atteint leur but, les rescapés de la grande catastrophe posent alors les bases d'une société qui proscrit totalement les machines et interdit le progrès. Patriarcale, la hiérarchie instaurée est basée sur le respect et une stricte obéissance au chef. Celui-ci sélectionne les meilleurs sujets susceptibles d'assurer sa descendance.

Lorsque vient l'époque de la passation de pouvoir entre François et son successeur désigné, un homme se présente avec une machine monstrueuse fabriquée en guise de cadeau au patriarche. Il explique avoir trouvé ainsi le moyen de soulager les siens de la pénibilité des labours.

François devient fou de rage à la vue de l'engin qui lui rappelle trop l'ancienne société mécanisée désormais abolie. Il décide de faire détruire la machine et de punir de mort son inventeur. Celui-ci, affolé et ne comprenant pas cette décision, tue François.

Ainsi disparaît l'ultime survivant de la grande catastrophe. Ses décisions sont pourtant exécutées : la machine est détruite et avec elle l'inventeur qui l'a conçue. Mais les hommes demeurent et avec eux très certainement d'autres inventions à venir.

# IV. ÉTUDE DES PERSONNAGES

## François Deschamps

Il est né à Vaux, en Haute-Provence, c'est un fils de cultivateurs. Il incarne le personnage principal du roman, jeune homme de vingt-deux ans, grand et à la constitution solide. Au début du roman, il est à Paris pour reconquérir sa fiancée, Blanche. Puis, lorsque la lumière est coupée, habitué à tout faire par lui-même, il ne se retrouve pas incapable ou démuni.

Il se montre courageux et persévérant, il veut dominer sur les choses et ne plus être dépendant des machines. Il organise une expédition destinée à survivre à la catastrophe. Il impose son autorité très rapidement, au point de devenir une brute autoritaire qui règne par la force et la violence sur sa femme puis ses compagnons.

En effet, il se montre sans pitié et fait exécuté des prisonniers pour les empêcher de parler ou de reconstruire des machines. Il confie cette tâche aux plus faibles de ses hommes pour les mettre à l'épreuve. Il n'hésite pas non plus à tuer une sentinelle qui s'était endormie à son poste et avait mis le groupe en danger.

À Vaux, il établit une nouvelle civilisation rurale, où les machines sont proscrites, le progrès banni et la monnaie supprimée. Il prône l'harmonie avec la nature, l'amour de la terre, le travail des champs, le respect de l'eau, l'effort, « l'amour de Dieu, de la famille et de la vérité, et le respect du voisin ». Il interdit l'alcool et l'épargne.

Il met en place la polygamie obligatoire, les femmes étant plus nombreuses à avoir survécu que les hommes. En effet, il veut repeupler. Cependant, il condamne la curiosité intellectuelle en brûlant tous les livres. Il réserve la lecture à l'élite dirigeante. Il interdit également toute construction et toute innovation.

C'est une dictature patriarcale absolue, où les femmes sont reléguées au rôle de reproductrices. Le chef est incontesté et peut punir et prendre des sanctions si on ne suit pas ses directives. Il devient en quelque sorte un nouvel Abraham, fondateur d'un nouveau peuple, d'une nouvelle société basée sur une vie simple d'agriculteurs.

## Blanche Rouget

Elle est également née à Vaux, très belle, elle était fiancée au début du roman à François, mais le quitte pour le directeur de la radio. Elle est attirée par le luxe et la richesse apparaît donc légère, frivole, insouciante, voire écervelée.

Lorsque la situation bascule, Jérôme Seita est incapable de faire face. Elle se tourne alors vers, la sécurité, François. Elle devient une femme dévouée, courageuse et pleine de sagesse.

# V. AXES DE LECTURE

## L'inspiration de l'auteur

Ce roman fut écrit pendant l'Occupation. On peut penser que l'auteur a éprouvé le besoin d'exorciser par l'écriture les réalités violentes du moment. Lors de son écriture, il a donc été influencé par la morosité ambiante dans un monde en guerre et un pays occupé. Il attribua même l'idée de la disparition de l'électricité au couvre-feu qui plongeait alors Paris dans le noir à partir de seize heures.

L'exode vers le sud de la France de François et de ses compagnons fut inspiré par celui que les Français venaient de connaître. Le feu, les pillages, les maladies, les rationnements des personnages sont l'image de la situation des habitants de Paris pendant l'Occupation.

Il met en scène un jeune homme qui se méfie du progrès et veut un retour à la terre. Il fonde une nouvelle civilisation agricole sur laquelle il règne de manière autocratique. Appelé « le patriarche », il devient un chef puissant auquel, on voue un culte. Certains ont vu une allusion directe au Maréchal Pétain. En outre, le texte contient nombre d'allusions à l'idéologie du Régime de Vichy.

## Une œuvre de science-fiction

La science-fiction est un genre narratif structuré par des hypothèses sur ce que pourrait être le futur et/ou les univers inconnus en partant des connaissances actuelles. Barjavel a sous-titré son œuvre, « roman extraordinaire ». Il l'a écrite avant la grande vogue des romans de science-fiction, il a donc fait de la science-fiction avant l'heure. À cette époque on parlait d'anticipation.

L'auteur met en scène le « naufrage » d'une société mécanisée, déclenché par la disparition de l'électricité. Les habitants sont anéantis par la catastrophe et la ville devient chaos. Il s'agit donc ici d'un thème typique de la science-fiction post-apocalyptique, brossant le portrait de la fin de l'humanité technologique.

Plus tard, il définit le genre ainsi : « La science-fiction est une hypothèse sur l'avenir. C'est une nouvelle littérature. Elle s'évade du cadre de la chambre à coucher ou de la salle à manger. Elle fait éclater les murs pour nous donner à voir de nouveaux horizons. On retrouve tous les genres en elle et elle peut être épique, lyrique, politique, dramatique... Elle s'intéresse au devenir de l'espèce humaine ».

## Une description du cataclysme et l'effondrement d'une civilisation

La science-fiction a pris sa source d'inspiration dans les mythes. Si certaines idées de « Ravage » sont inspirées du vécu personnel de l'auteur, la thématique du cataclysme en elle-même s'inscrit dans une tradition qui prend sa source dans les mythes anciens.

La fin des temps en particulier est un concept commun à la plupart des religions. Pour une majorité d'entre elles, la destruction d'un monde entraîne la renaissance d'un nouveau. Nous sommes bien dans un roman de science-fiction, car la civilisation humaine victime du manque d'énergie doit trouver des moyens alternatifs.

Il s'agit de la première « fin du monde » de l'auteur, il décrit avec beaucoup de détails et de précision, les destructions, les souffrances et les crimes. Il dresse un portrait effrayant d'une bousculade générale dans le métro plongé dans le noir, où le feu se déclare dans des rames bondées.

Il met aussi en scène des bagarres dans des caves afin de récupérer quelques boissons et qui se transforment en véritables boucheries. Le lecteur a vraiment l'impression d'assister à la fin du monde. La partie « La chute des villes » correspond à un texte apocalyptique, la situation ne cesse de se dégrader, la société s'effondre dans les flammes, de soif et de faim.

Il décrit la lutte pour la survie, chacun donne la priorité à son intérêt immédiat. Tous deviennent égoïstes et intolérants. L'auteur nous montre la réalité de la « loi de la jungle », seuls les plus forts ou les plus riches s'en sortent. La nature humaine n'est pas à son avantage.

Pour le narrateur, les machines sont néfastes pour le bien-être des hommes. De plus l'idée d'un retour en arrière d'un point de vue technologique semble impossible, la dépendance absolue de l'homme à l'énergie sort de l'imagination de l'auteur.

## D'une société à une autre

### *Une civilisation futuriste*

Dans la première partie, l'auteur nous dresse le portrait d'une civilisation future, une prétendue utopie où le monde maîtrise l'énergie nucléaire et a atteint un niveau de prospérité et de développement sans précédent. La nourriture est produite artificiellement en quantité presque illimitée. Les transports sont rapides, confortables et sûrs. Enfin, les anciens dieux et anciennes religions n'existent plus. Les hommes vouent un culte de la technique et de la science.

Il s'agit en réalité d'une satire de la société contemporaine : l'importance du machinisme, l'industrialisation effrénée, l'urbanisation grandissante et l'urbanisme en hauteur, le développement accéléré des télécommunications, le recours de plus en plus fréquent à des nourritures artificielles.

L'individu occupe une place minime dans la société. Il est opprimé et dépendant du matérialisme. Il ne semble pas heureux. Dès le début, François apparaît en opposition avec cette civilisation artificielle et prône un retour à la nature.

## *Le retour à la terre*

François décide de fuir la ville qui bascule dans le crime et la violence. Il retrouve Blanche tandis que Jérôme Seita, privé de ses subordonnés, ne peut sortir dehors sans risquer sa vie.

Ayant réussi à rassembler assez de provisions et à confectionner des armes pour risquer une percée au travers des hordes de criminels affamés, François se dirige avec ses compagnons vers son village d'origine. Son but est d'y mener une vie naturelle pour s'affranchir totalement de ces machines que les hommes croyaient dominer.

Avec ce retour à la terre, l'auteur idéalise un monde soumis à la nature : « La Nature est en train de tout remettre en ordre. » - « Chacun allait se retrouver dans un univers à la mesure de l'acuité de ses sens naturels, de la longueur de ses membres, de la force de ses muscles »

.Cependant, ce retour en arrière contient plusieurs dérives. À Vaux, François établit une nouvelle civilisation rurale, où les machines sont proscrites, le progrès banni et la monnaie supprimée. Il prône l'harmonie avec la nature, l'amour de la terre, le travail des champs, le respect de l'eau, l'effort, « l'amour de Dieu, de la famille et de la vérité, et le respect du voisin ». Il interdit l'alcool et l'épargne.

Il met en place la polygamie obligatoire, les femmes étant plus nombreuses à avoir survécu que les hommes. En effet, il veut repeupler. Cependant, il condamne la curiosité intellectuelle en brûlant tous les livres. Il réserve la lecture à l'élite dirigeante. Il interdit également toute construction et toute innovation.

C'est une dictature patriarcale absolue, où les femmes sont reléguées au rôle de reproductrices. Le chef est incontesté et peut punir et prendre des sanctions si on ne suit pas ses directives. Il devient en quelque sorte un nouvel Abraham, fondateur d'un nouveau peuple, d'une nouvelle société basée sur une vie simple d'agriculteurs.

Cette société qui refuse le progrès est obscurantiste. En effet, l'alcool y est interdit pour ne pas abrutir les masses et permettre à chacun de rester constamment conscient, mais il en est de même pour les livres, qui sont brûlés.

L'innovation est interdite, lorsque le successeur de François avec de bonnes intentions, créé une machine qui soulagerait la peine de ses frères, il est considéré comme un criminel et exécuté. Ainsi, l'auteur nous met à la fois en garde contre notre société, de plus en plus dépendante des machines, mais aussi de ceux qui prônent un retour à la nature.

## *L'actualité de l'œuvre*

Plusieurs thèmes sont abordés par Barjavel mais le plus évident est la disparition de l'énergie. Thème important en lui-même et légitime, comme l'auteur le fait remarquer en se référant à des coupures classiques d'électricité ayant déjà plongé certaines grandes métropoles dans des débuts de situation qu'on retrouve dans le roman.

Ce thème est toujours d'actualité, notamment avec les politiques lancées telles que le développement durable et les campagnes destinées à favoriser le tri des déchets ou encore la diminution de consommation des énergies non renouvelables.

# Dans la même collection en numérique

*Escadrille 80*

*Inconnu à cette adresse*

*La controverse de Valladolid*

*Les Vilains petits canards*

*Une partie de campagne*

*Cahier d'un retour au pays natal*

*Dora Bruder*

*L'Enfant et la rivière*

*Moderato Cantabile*

*Alice au pays des merveilles*

*Le faucon déniché*

*Une vie*

*Chronique des Indiens Guayaki*

*Je voudrais que quelqu'un m'attende quelque part*

*La nuit de Valognes*

*Œdipe*

*Disparition Programmée*

*Education européenne*

*L'auberge rouge*

*L'Illiade*

*Le voyage de Monsieur Perrichon*

*Lucrèce Borgia*

*Paul et Virginie*

*Ursule Mirouët*

*Discours sur les fondements de l'inégalité*

*L'adversaire*

*La petite Fadette*

*La prochaine fois*

*Le blé en herbe*

*Le Mystère de la Chambre Jaune*

*Les Hauts des Hurlevent*

*Les perses*

*Mondo et autres histoires*

*Vingt mille lieues sous les mers*

*99 francs*

*Arria Marcella*

*Chante Luna*

*Emile, ou de l'éducation*

*Histoires extraordinaires*

*L'homme invisible*

*La bibliothécaire*

*La cicatrice*

*La croix des pauvres*

*La fille du capitaine*

*Le Crime de l'Orient-Express*

*Le Faucon malté*

*Le hussard sur le toit*

*Le Livre dont vous êtes la victime*

*Les cinq écus de Bretagne*

*No pasarán, le jeu*

*Quand j'avais cinq ans je m'ai tué*

*Si tu veux être mon amie*

*Tristan et Iseult*

*Une bouteille dans la mer de Gaza*

*Cent ans de solitude*

*Contes à l'envers*

*Contes et nouvelles en vers*

*Dalva*

*Jean de Florette*

*L'homme qui voulait être heureux*

*L'île mystérieuse*

*La Dame aux camélias*

*La petite sirène*

*La planète des singes*

*La Religieuse*

*1984 A l'Ouest rien de nouveau*

*Aliocha*

*Andromaque*

*Au bonheur des dames*

*Bel ami*

*Bérénice*

*Caligula*

*Cannibale*

*Carmen*

*Chronique d'une mort annoncée*

*Contes des frères Grimm*

*Cyrano de Bergerac*

*Des souris et des hommes*

*Deux ans de vacances*

*Dom Juan*

*Electre*

*En attendant Godot*

*Enfance*

*Eugénie Grandet*

*Fahrenheit 451*

*Fin de partie*

*Frankenstein*

*Gargantua*

*Germinal*

*Hamlet*

*Horace*

*Huis Clos*

*Jacques le fataliste*

*Jane Eyre*

*Knock*

*L'homme qui rit*

*La Bête humaine*

*La Cantatrice Chauve*

*La chartreuse de Parme*

*La cousine Bette*

*La Curée*

*La Farce de Maitre Pathelin*

*La ferme des animaux*

*La guerre de Troie n'aura pas lieu*

*La leçon*

*La Machine Infernale*

*La métamorphose*

*La mort du roi Tsongor*

*La nuit des temps*

*La nuit du renard*

*La Parure*

*La peau de chagrin*

*La Petite Fille de Monsieur Linh*

*La Photo qui tue*

*La Plage d'Ostende*

*La princesse de Clèves*

*La promesse de l'aube*

*La Vénus d'Ille*

*La vie devant soi*

*L'alchimiste*

*L'Amant*

*L'Ami retrouvé*

*L'appel de la forêt*

*L'assassin habite au 21*

*L'assommoir*

*L'attentat*

*L'attrape-coeurs*

*Le Bal*

*Le Barbier de Séville*

*Le Bourgeois Gentilhomme*

*Le Capitaine Fracasse*

*Le chat noir*

*Le chien des Baskerville*

*Le Cid*

*Le Colonel Chabert*

*Le Comte de Monte-Cristo*

*Le dernier jour d'un condamné*

*Le diable au corps*

*Le Grand Meaulnes*

*Le Grand Troupeau*

*Le Horla*

*Le jeu de l'amour et du hasard*

*Le Joueur d'échecs*

*Le Lion*

*Le liseur*

*Le malade imaginaire*

*Le Mariage de Figaro*

*Le meilleur des mondes*

*Le Monde comme il va*

*Le Parfum*

*Le Passeur*

*Le Petit Prince*

*Le pianiste*

*Le Prince*

*Le Roman de la momie*

*Le Roman de Renart*

*Le Rouge et le Noir*

*Le Soleil des Scortas*

*Le Tartuffe*

*Le vieux qui lisait des romans d'amour*

*L'Ecole des Femmes*

*L'Ecume Des Jours*

*Les Bonnes*

*Les Caprices de Marianne*

*Les cerfs-volants de Kaboul*

*Les contes de la Bécasse*

*Les dix petits nègres*

*Les femmes savantes*

*Les fourberies de Scapin*

*Les Justes*

*Les Lettres Persanes*

*Les liaisons dangereuses*

*Les Métamorphoses*

*Les Mouches*

*Les Trois mousquetaires*

*L'étrange cas du Dr Jekyll et de Mr Hyde*

*L'Ile Au Trésor*

*L'île des esclaves*

*L'illusion comique*

*L'Ingénu*

*L'Odyssée*

*L'Ombre du vent*

*Lorenzaccio*

*Madame Bovary*

*Manon Lescaut*

*Micromégas*

*Mon ami Frédéric*

*Mon bel oranger*

*Nana*

*Ne tirez pas sur l'oiseau moqueur*

*Notre-Dame de Paris*

*Oliver twist*

*On ne badine pas avec l'amour*

*Oscar et la dame rose*

*Pantagruel*

*Le Misanthrope*

*Perceval ou le conte du Graal*

*Phèdre*

*Ravage*

*Roméo et Juliette*

*Ruy Blas*

*Sa Majesté des Mouches*

*Si c'est un homme*

*Stupeur et tremblements*

*Supplément au voyage de Bougainville*

*Tanguy*

*Thérèse Desqueyroux*

*Thérèse Raquin*

*Ubu Roi*

*Un Barrage contre le Pacifique*

*Un long dimanche de fiançailles*

*Un secret*

*Vendredi ou la vie sauvage*

*Vipère au poing*

*Voyage au bout de la nuit*

*Voyage au centre de la terre*

*Yvain ou le Chevalier au lion*

*Zadig*

# À propos de la collection

La série FichesdeLecture.com offre des contenus éducatifs aux étudiants et aux professeurs tels que : des résumés, des analyses littéraires, des questionnaires et des commentaires sur la littérature moderne et classique. Nos documents sont prévus comme des compléments à la lecture des oeuvres originales et aide les étudiants à comprendre la littérature.

Fondé en 2001, notre site FichesdeLectures.com s'est développé très rapidement et propose désormais plus de 2500 documents directement téléchargeables en ligne, devenant ainsi le premier site d'analyses littéraires en ligne de langue française.

FichesdeLecture est partenaire du Ministère de l'Education du Luxembourg depuis 2009.

Plus d'informations sur www.fichesdelecture.com

ISBN: 978-2-511-02875-9

Notes :